Andrea Hensgen

Darf ich bleiben, wenn ich leise bin?

Andrea Hensgen wurde 1959 geboren. Sie studierte Germanistik, Politologie und Soziologie und lebt heute in Karlsruhe. Ihre anspruchsvollen Kinder- und Jugendbücher haben viel Beachtung gefunden und wurden in mehrere Sprachen übersetzt. Neuerdings tritt Andrea Hensgen auch als Belletristikautorin hervor. ›Darf ich bleiben, wenn ich leise bin?‹ ist ihr erstes Kinderbuch bei dtv junior.

Daniel Napp wurde 1974 in Nastätten, Rheinland-Pfalz, geboren. Er studierte in Münster Design mit dem Schwerpunkt Illustration, hat bereits mehrere Bilderbücher veröffentlicht und Kinderbücher illustriert.
www.daniel-napp.de.

Andrea Hensgen

Darf ich bleiben, wenn ich leise bin?

Mit Zeichnungen von Daniel Napp

Deutscher Taschenbuch Verlag

Originalausgabe
In neuer Rechtschreibung
2. Auflage Juli 2004

www.dtvjunior.de
Umschlagkonzept: Balk & Brumshagen
Umschlagbild: Daniel Napp
Lektorat: Sophia Marzolff
Gesetzt aus der Palatino 12/15˙
Gesamtherstellung: Kösel, Krugzell
Printed in Germany · ISBN 3-423-70816-6

Müde, scheu und leise, so kam er an.
Der Junge hat es gleich gespürt.

Inhalt

1. Kapitel

Nur ein Rascheln und die Geschichte wäre vorbei!

Wenn man die Geschichte von ihrem Anfang an erzählen wollte, müsste man in Gedanken nach Australien gehen und sechs Wochen zurück in der Zeit. Aber Australien liegt auf der anderen Seite der Welt, und das ist sehr weit.

David springt gerade von seinem Stuhl auf und schreit. Deshalb beginnt die Geschichte in diesem Moment. Sie erzählt von David und seiner Freundschaft mit einem Fremden. Dass dieser Fremde aus Australien kommt, kann sich jedes Kind jetzt schon denken.

David hat keine Ahnung, was ihm an diesem Abend passieren wird. Er ist acht Jahre alt, steht in der Küche und brüllt.

»Wenn ich so blöd bin, dann esst doch allein!«

Barfuß kann David schlecht über die Treppe stampfen, aber die Tür knallt er hinter sich zu.

Es kommt ihm keiner nach. Seine Eltern und Benni reden ruhig weiter und fangen zu essen an. Bratwürstchen und Pommes, das ganze Haus riecht danach.

David zieht die Tüte mit Salzbrezeln aus seiner Schublade heraus und versteckt sich damit hinter dem Sofa. Wenn jetzt einer hereinkommt, sieht er David nicht. Aber es kommt keiner.

In der Küche drückt sich Benni die halbe Flasche Ketschup auf den Teller und sagt, was er immer sagt: »Lasst den nur! Wenn er Hunger hat, kommt er von selbst.«

David kennt Bennis Sprüche. Eher wird er verhungern als in die Küche zurückzugehen. Es würde für seine Eltern ziemlich langweilig werden, hätten sie nur noch Benni, das denkt er sich, die trockenen Brezeln bleiben in seinen Zähnen kleben. David beschließt für alle Fälle eine Flasche Saft unter dem Schrank zu verstecken und schmiedet eine Zeit lang Rachepläne.

Draußen wird es allmählich dunkel. Wenn man durch die Glastür aus Davids Zimmer tritt, steht man direkt im Garten. Die Hecken sehen am Abend wie runde Berge aus, der helle Kiesweg schimmert wie ein schmaler Fluss unter dem dicken Mond. David wohnt gerne halb im Garten. Manchmal schläft er im Sommer heimlich draußen. Das würde ihm keiner erlauben, nicht mal sein Vater.

Der Mai hat eben erst begonnen, der lange Sommer wird erst noch kommen.

Die letzten Krümel schmecken nur nach Salz, es ist sieben Uhr, bis morgen früh hält David seinen Hunger aus. Er schiebt die leere Tüte unter den Schrank

und berührt etwas. Das ist warm und weich, David hat es mit seinen Fingerspitzen gestreift.

Das ist lebendig.

David hat Angst.

Wenn er jetzt schreit, kommen sie von oben angerannt oder das Biest springt unter dem Schrank heraus, auf sein Bein. David hat kurze Hosen an, ihm ist eiskalt.

Im Garten gibt es Katzen, Mäuse, Marder und Ratten – in Notwehr greift jedes Tier an. David starrt auf den schwarzen Spalt: Es hat sich nach hinten verkrochen, an die Wand.

Sein Vater würde es mit einem Stock nach draußen jagen. Am Stuhl lehnt Davids Ritterschwert. Er müsste aufstehen und erst die Tür öffnen, damit das Tier abhauen kann.

David zieht langsam die Beine ein, greift nach dem Kissen und schiebt es vor seine Knie.

Da fängt das Tier zu reden an.

»If I was quiet, could I stay with you?«

Der Stimme nach tippt David auf einen Hamster, nur größer, dicker und älter.

Auf jeden Fall klingt es nach klein, kleiner als David. Als hätte es Angst, so hört es sich an, dabei hat David kein Wort verstanden.

Wahrscheinlich wird es ihm nichts tun, denkt David. Trotzdem fallen ihm plötzlich Geschichten ein, da verstellt der Böse seine Stimme und lockt den Helden in eine Falle.

David legt sich flach auf den Boden. Zur Sicherheit hält er seinen Kopf hinter das Kissen und schiebt sich langsam über den Teppich. Unter dem Schrank ist es schwarz und dreckig. Der Schrank ist groß und alt. Weil er hohe Füße hat, konnte sich David früher darunter verstecken.

Um das Tier nicht zu erschrecken, sagt David leise: »Komm doch raus!«

Keine Antwort, nicht mal das kleinste Geräusch, das Tier hält still und bleibt stumm.

Das Tier sieht den ganzen David, flach in dem Ausschnitt zwischen Teppich und Schrank. David hat nur den ausländischen Satz und einen Spalt Schwarz, das findet er nicht fair.

Deshalb sagt er beim zweiten Mal fester: »Komm raus!«

Natürlich taucht das Tier nicht auf.

Irgendwann muss es da raus, weil es sonst verhungern oder sein Versteck ganz verscheißen wird.

Der Teppich riecht nach Salz und Staub, David dreht den Kopf zum Garten und verspricht es dem Tier ganz laut.

»Ich gucke auch weg, wenn du kommst.«

»That's not true.«

Es traut David nicht, so viel versteht er. Da hält er ihm einfach seine Hand hin und streckt sie unter den Schrank, so weit er kann.

»Ich habe auch keine Angst vor dir.«

David fühlt es rauweich und feuchtwarm auf seiner Haut. Es ist garantiert die Zunge, womit es gerade über Davids Finger leckt. Er lässt seine Hand ruhig liegen. Wieder sagt das Tier etwas, das klingt so seltsam wie eben.

»If I was quiet, could I stay with you?«

David nickt und beschließt ihm zu geben, was es haben will. Sie könnten doch Freunde werden.

Es ruckt unter dem Schrank, zur Sicherheit weicht David hinter das Sofa aus. Da taucht unter dem Schrank eine Schnauze auf und David denkt: O Mann, ein kleines Schwein!

Der Rest steckt unter dem Schrank, das Tier hat sich eingeklemmt. Die Schnauze ist groß, nackt und hell, und ziemlich nass. David zuckt zurück, die Schnauze auch.

Ein ausländisches Schwein! Es wird ihm nichts tun, aber einen Haufen Ärger machen, das ist Davids erster Gedanke.

Da seufzt es unter dem Schrank.

»You must help me. Come on and push me out.«

Der Schrank zittert, das Tier stemmt sich auf. Davids Glasmurmeln in der unteren Schublade klicken aneinander. Es hört sich an, als stieße eine müde Fliege gegen das Fenster, die den Ausgang zum Sommer nicht findet.

Unter dem Schrank stöhnt es heftig.

»I'm too weak, after the long trip.«

Allein schafft Schnauze es nicht. David nennt das Tier vorläufig Schnauze.

Wenn er mehr von ihm sehen will, muss er sich klein machen und hineinquetschen in den schwarzen Spalt und Schnauze von hinten nach vorne schieben. David schüttelt sich. Es ist scheußlich, in ein Fell zu greifen, das man nicht kennt.

Schnauze schnieft und tut David Leid.

»Sorry, I haven't got enough power.«

»Power« hat das Motorrad seines Vaters, das Wort kennt David, seine Mutter redet öfters von einer Frau, die zu viel davon hat. Man braucht »Power«, um vorwärts zu kommen; dem Schwein ist sie ausgegangen, so hört sich der Satz für David an.

»Soll ich dir was zum Essen bringen? Ich kann auch Schokolade besorgen.«

»Help me! I want to come out.«

Schnauze klingt einverstanden, David springt auf.

»Warte, ich bin gleich wieder da.«

An der Tür dreht er sich um. Schnauze wird nicht abhauen, solange er da unten eingeklemmt ist. David kann sich Zeit lassen, er steigt langsam die Treppe hinauf.

Zum Glück ist Benni in sein Zimmer gegangen. Nur Davids Eltern sitzen am Tisch. Sein Vater will, dass alles wieder in Ordnung ist. Er zeigt auf die halb volle Schüssel Pudding zwischen den leeren Tellern.

»Willst du den Rest Nachtisch haben?«

Was Besseres konnte David nicht passieren. Er nickt und greift danach, Schnauze wird sich freuen.

»Iss doch bei uns!«

Seine Mutter fasst ihn am Arm, David entwischt ihrer Hand.

»Ich gehe lieber runter.«

Es ist bei Davids Eltern nicht erlaubt, den Teller in sein eigenes Zimmer zu tragen, wenn man nur Hunger hat und keine Lust zu reden. Davids Mutter macht selten Ausnahmen.

»Die Schüssel bleibt hier.«

Pudding hätte Schnauze garantiert geschmeckt. Davids Mutter macht einem das Leben verdammt schwer, das denkt David oft, auf jeden Fall ein Mal am Tag.

Er stellt die Schüssel zurück auf den Tisch. Weil er eben gebrüllt und die Tür zugeknallt hat, gibt seine Mutter heute auf keinen Fall nach.

Um sie zu versöhnen, verbringt David eine halbe Stunde am Küchentisch und malt ein Bild. Man sieht viel Urwald darauf, vorne einen Forscher neben seinem kaputten Jeep und hinten einen Löwen, der hungrig brüllt.

Fast hätte David Schnauze vergessen, so gut gefällt ihm sein eigenes Bild.

Unter dem Schrank klemmt der Wombat und wartet. Er hat Angst, der Junge ließe ihn hier unten stecken, und er hat schrecklichen Hunger.

Seit zwei Tagen hat er nichts gegessen, auch nichts getrunken. Die Holzleiste schneidet ihm in den Rücken. Er holt tief Luft, versucht sich hinauszuschieben und schafft es wieder nicht.

Wenn der Junge doch nur endlich käme! Er wird ihm nichts tun und ihn nicht fangen. Der Wombat findet ihn nett.

Im Zimmer ist es sehr warm. Von zu Hause kennt der Wombat nur Sand und Dreck. Er betrachtet den hellen Staub, der langsam auf- und niederschwebt, und streckt die Zunge aus. Das Zeug schmeckt fad und trocken.

Kleine Spielzeugautos liegen verstreut auf dem Boden. Solche Farben hat der Wombat in seiner Heimat nie gesehen.

David kommt lange nicht zurück.

Seine Mutter liest die Zeitung am Küchentisch. Unter ihren Augen kann er schlecht was zum Essen klauen. Als sie endlich ins Wohnzimmer verschwindet, taucht Benni in der Tür auf, gerade als David sich zwei Tafeln Schokolade in die Hosentaschen schiebt.

»Hey, was hast du denn vor?«

»Lass mich vorbei!«

»Lege erst das Zeug zurück!«

»Das geht dich überhaupt nichts an.«

Benni versperrt ihm den Weg. Wie ein Kreuz stemmt er sich mit Armen und Beinen in die Tür.

David verliert so gut wie nie einen Kampf gegen seinen Bruder, dabei ist Benni zwei Jahre älter, größer und stärker.

David grinst, neigt sich vor und beißt Benni mit voller Wucht in die Hand.

Benni schreit, die Tür ist frei. David rennt in sein Zimmer.

Über sich hört er Benni im Wohnzimmer vor seinen Eltern stehen und weinen. Er wird ihnen seine roten Finger zeigen.

David bückt sich vor den Schrank, drückt alles rein, die dicke Schnauze und die zwei Tafeln Schokolade.

»Hier, schnell, nimm schon!«

Seine Mutter läuft die Treppe hinunter und Benni hinterher. David springt hoch und sieht auf zu den zweien.

Hätte der Wombat jetzt zu rascheln begonnen, wäre die Geschichte schon vorbei. Davids Mutter hätte ihn in eine Kiste gepackt und zum Zoo gebracht oder im Tierheim abgeliefert.

Der Wombat hält still.

Mit den Augen prüft Davids Mutter jeden Fleck in seinem Zimmer.

»Wo ist die Schokolade?«

»Was für Schokolade?«

»Die du dir gerade aus dem Schrank genommen hast.«

»Ich habe mir keine Schokolade genommen.«

David lügt ohne mit der Wimper zu zucken oder rot im Gesicht zu werden.

»Ich habe es doch gesehen.«

Benni zischt wie eine Schlange. Stünde seine Mutter nicht zwischen den beiden, Benni würde sich auf David stürzen und ihn noch viel schlimmer beißen.

»David, gib die Schokolade her!«

Seine Mutter glaubt ihm nicht, Lügen hält sie für das Allerletzte. Sie wird enttäuscht und traurig sein und tagelang nur das Nötigste mit ihm reden, wenn er es nicht sofort zugibt.

»Mama, ich verspreche es dir. Ich habe keine Schokolade gegessen und keine versteckt.«

Sie weiß jeden Tag ganz genau, wie viel Tafeln Schokolade in der Schublade liegen. Es bleibt David nichts anderes übrig als es auf Benni zu schieben.

»Klar, immer bin ich es. Mir glaubst du ja nie was. Benni schreit los und ich bin es gewesen. Und wenn er sie geklaut hat?«

Mit ihren Augen bohrt sie David Löcher in den Kopf, um ihm die Lügen herauszupulen.

»Und warum hast du ihn dann gebissen?«

»Er hat sich die Schokolade genommen und gelacht und gesagt, du würdest ihm sofort glauben, dass ich sie geklaut hätte. Deshalb.«

David schaut seine Mutter nicht an und redet weiter. Seinen Kopf lässt er nach unten hängen.

»Trotzdem hätte ich dir nichts verraten. Aber er heult ja immer gleich los, dabei habe ich nicht mal fest zugebissen.«

Sie hat keine Chance, die Wahrheit herauszufinden. Hätte sie ihm eben den Pudding gelassen, hätte er nicht klauen und nicht lügen müssen. Sie ist selbst schuld, denkt David und ist froh, als seine Mutter endlich geht.

Benni dreht sich an der Tür kurz um und stiert ihn wütend an.

Es ist den Jungen verboten, ihr Zimmer abzuschließen. Auch solch ein Blödsinn, der einem nur das Leben schwer macht und zum Lügen zwingt. David würde jetzt verdammt fest seine Zimmertür verschließen.

2. Kapitel

Nur ein Sprung und die Geschichte wäre vorbei!

Der Wombat hat Angst bekommen vor diesen Stimmen, so spitz wie Felsenklippen. Er hat sich in den letzten Winkel unter dem Schrank verkrochen. Auch der Junge hat härter als vorhin gesprochen.

Jetzt ist es draußen wieder still. Der Junge ist dageblieben, das spürt der Wombat ohne durch den Spalt etwas von ihm zu sehen.

Was er ihm vor die Schnauze geschoben hat, schimmert im Dunkeln. Der Wombat schnuppert daran, auf Schokolade ist er während seiner Streifzüge nie gestoßen. Nach einer Weile fängt er an einer der Scheiben zu kratzen an, weil sein Magen knurrt und beißt. Ansonsten rührt der Wombat nichts an, was anderen Tieren gehört. Er reißt die Hülle ab, eine neue Schicht umhüllt die Scheibe und glänzt, wie der Wombat es zuvor nie gesehen hat. Mit eingezogenen

Krallen streift er scheu über diesen Glanz, da bricht er auf, plötzlich ist das Innere weich und braun. Und süß, der Wombat leckt sich seine Pfoten.

Es schmeckt, was ihm der Junge gebracht hat, den letzten kleinen Rest wird er mit ihm teilen.

Satt und zufrieden atmet der Wombat tief ein und schafft es auf einmal, sich unter dem Schrank herauszuschieben, dabei sind Bauch und Brust dicker als zuvor. Der Wombat sieht sich nach dem Jungen um.

David ist eingeschlafen.

Es ist längst nach seiner Zeit, ins Bett zu gehen. Seine Mutter wird heute Abend nicht mehr kommen, um ihm Gute Nacht zu sagen. David hat sich zwischen seinen Kissen auf dem Boden zusammengekauert.

Der Wombat kann den Jungen in Ruhe betrachten. Natürlich hat er schon Menschen gesehen. Gewöhnlich haut er vor ihnen ab.

Er rückt so dicht an David heran, dass er den Atem des Jungen auf seiner Schnauze fühlen kann.

Nie zuvor war der Wombat so dicht an einem Menschen dran.

Die Haut des Jungen ist ganz nackt oder versteckt unter Stoff. Die Männer, die den Wombat fingen, hatten dichte, dunkle Haare an den Armen und einer auch über den Lippen.

Der Kopf des Jungen ist voll mit einem hellen, struppigen Fell. Die Haare am Rand der Haut über seinen Augen sind lang und gebogen, sie gefallen dem Wombat gut. Am liebsten würde er sie mit seiner Pfote berühren, um zu fühlen, ob sie mehr flaumig oder borstig sind. Aus Angst, den Jungen aufzuwecken, lässt er es lieber bleiben.

Der Kopf ist bei jedem Tier die empfindsamste Stelle, deshalb kauert sich der Wombat weit weg davon, an des Jungen Beine.

Von den zwei Tafeln Schokolade isst er nur eine ganze und eine halbe und noch ein kleines Stück. Sonst müsste der Wombat sich schämen, wenn der Junge aufwachte und hungrig wäre.

Die ganze Nacht lang passt der Wombat auf David auf. Wombats schlafen am Tag. Während der Nacht schaufeln sie ihre Gänge, suchen nach Fressen und gehen in ihrem Revier spazieren. Sie können im Dunkeln ausgezeichnet sehen.

Der Wombat liegt an Davids Füßen und betrachtet durch die Glastür den Garten. In Gedanken zieht er Wege zwischen dem Ahorn und der Akazie, den Himbeersträuchern und dem Lorbeerbusch. Die niedrige Bank um Davids Sandkasten, die dicken Steine am Rand des Blumenbeets und der kleine

Komposthaufen in der hintersten Ecke des Gartens scheinen ihm für sein Vorhaben ausgesprochen gut geeignet.

Er schmiedet Pläne für ein neues Revier, die erste gemeinsame Nacht der beiden geht langsam zu Ende. Als es zu dämmern beginnt, wacht David auf.

Weil er öfters nachts auf dem Boden liegt, merkt er erst nach zwei, drei Minuten, was anders ist an diesem Morgen, an der Wärme auf seinen Füßen.

Er richtet sich auf und schaut auf Schnauze. Gestern Abend hatte David ja nicht mehr als die Schnauze gesehen.

Der Wombat fühlt sich wohl auf dem weichen Teppich und hat sich lang ausgestreckt. Er zeigt sich David in seiner ganzen Länge und Breite. Das ist nicht wenig. Ein ausgewachsener Wombat wird einen Meter lang und siebenundzwanzig Kilo schwer. Dieser Wombat gehört zu der kräftigen Sorte.

David erschrickt trotzdem nicht.

Er sieht sich den Wombat ganz genau an, und es ist schließlich der Wombat, der das stumme Betrachten beendet.

»Thank you for the sweets.«

Wahrscheinlich hat das Tier ihn begrüßt. David antwortet mit einem leisen »Hallo«.

Er ist längst nicht fertig mit Staunen. Für einen Bär ist Schnauze zu klein geraten und für ein Meerschweinchen zu fett. Da hebt Schnauze die Pfote, als wollte er David die Hand geben, und schnappt sich das Stück Schokolade.

»Let's share the rest?«

Er sieht ihn fragend an, David nickt und glaubt zu verstehen. Schnauze wird ihm den letzten Rest wegfressen. Da zieht Schnauze die Schokolade schon aus dem Papier, streift die Silberhülle ab und legt seine Pfote in die Kerbe zwischen beiden Rippen, bis sie auseinander brechen. Die eine hält er David hin und schiebt sich die andere mit der Pfote selbst ins Maul.

Schnauze schmatzt, Schokolade scheint ihm zu schmecken. Als sein eigenes Stück zwischen den Fingern klebrig wird, denkt David daran, selbst was zu essen. Schnauze leckt sich das Maul und tippst die letzten Krümel auf. Da schenkt David ihm sein kleines, schmieriges Stück.

Erst frisst das Tier die Schokolade auf, dann bedankt es sich dafür.

»That's very nice, thank you.«

»Thank you« kennt David, wieder nickt er nur.

»Have you something to drink?«

Auch trinken versteht David.

»Ich hole gleich was, aus dem Bad.«

Schnauze wischt sich die Schokoladenflecken aus dem Fell wie Davids Opa die Krümel aus seinem Bart, sonntags nach dem Essen. Er sieht zufrieden aus, schiebt seine Pfoten über Davids Beine, als seien sie ein Kissen, und ruht seinen Kopf darauf aus. In diesem Augenblick wirkt Schnauze wie eine Mischung zwischen Hund und jungem Wolf.

Die Augen fallen Schnauze zu. Wären seine Arme nicht zu kurz, würde David ihn gerne hinter den Ohren kraulen. Aus Angst, ihn zu wecken, bleibt er ruhig sitzen.

Draußen wird es allmählich hell.

David achtet nicht darauf, dass die Vögel im Garten lärmen und die Leute zur Arbeit fahren.

In seinem Kopf folgt auf Frage nur Frage. Er findet keine Antwort darauf, welches Tier da vor ihm liegt, warum es gerade zu ihm gelaufen ist und was er mit ihm anfangen soll. Vor zwei Stunden ist Schnauze eingeschlafen, David ist nicht von der Stelle gekommen mit seinen Gedanken. Nur die Zeit ist weitergegangen, David hat es nicht gemerkt.

Auch im Haus beginnt der Tag: Schritte auf der Treppe, Rauschen im Bad, Davids Vater zieht die Rollläden hoch und öffnet das Fenster. Nur Benni schläft.

Wenn seine Mutter geduscht hat, weckt sie die beiden Jungen und richtet das Frühstück, während die zwei sich anziehen sollen.

Gerade trocknet sie sich die Haare, schlüpft in ihren Bademantel und schaut sich im Spiegel an.

Während sie die Treppe hinunterläuft, überlegt sich Davids Mutter, wer gestern Abend gelogen hat, David oder Benni, öffnet vorsichtig die Tür zu Davids Zimmer und lugt hinein. Sein Bett ist leer. Sekundenlang hat sie Angst, David sei abgehauen, aus Wut, weil sie meistens zu Benni hält.

Erleichtert seufzt sie auf. Davids blonde Locken sehen hinter der Sofalehne hervor. Aus Trotz hat er sich also gestern Abend nicht mehr ausgezogen. Davids Mutter geht leise und auf Zehenspitzen durch das Zimmer und streicht ihm über die Haare.

»Hey, aufwachen, Kleiner!«

Wäre der Wombat jetzt erschreckt aufgesprungen, wie David, wäre die Geschichte schon zu Ende. Wahrscheinlich hätte Davids Mutter ihn eingepackt und zum Zoo gebracht, oder im Tierheim abgeliefert.

David schnellt hoch und wirft rasch ein Kissen über den Wombat.

»Habe ich dich jetzt erschreckt?«

David muss nichts sagen, seine Mutter drückt ihn fest.

»Hast du die ganze Nacht auf dem Boden geschlafen, wegen gestern, wegen der Schokolade?«

Morgens riecht Davids Mutter immer gut, nach Schreibtisch und Telefonklingeln und vielen Leuten, die alle was von ihr wollen. David reibt seinen Kopf an ihrem Kleid. Sie stehen beide vor

dem Schrank. Von hier aus kann Davids Mutter Schnauze auf keinen Fall sehen.

»David, jetzt sind wir doch allein. Hast du die Schokolade genommen?«

Er schüttelt den Kopf ohne aufzuschauen und drückt sich ein bisschen tiefer in ihr Kleid.

»Gut.«

Mehr sagt sie nicht und tritt einen Schritt zurück.

»Es wird Zeit. Wenn du dich beeilst, nehme ich dich im Auto mit.«

David wartet, bis er seine Mutter in der Küche hantieren hört, bevor er Schnauze von seinem Kissen befreit.

Er passt auf, dass er ihn dabei nicht berührt.

»Ich muss in die Schule. Bis heute Mittag kommt keiner hier runter, du musst nicht zurück unter den Schrank.«

»I'm very thirsty.«

»Heißt du Ernsti?«

»Can you get me some water?«

»Walter? So heißt bei uns keiner, Ernst oder Walter. Bist du schon so alt?«

Davids Opa heißt Heinz, früher hatten die Männer altmodische Namen.

David findet, dass Schnauze ihn traurig ansieht.

»Ich bin ja bald wieder da, und den ganzen Mittag bleibe ich bei dir.«

»I didn't have any water for two days.«

Schnauze richtet sich auf. Auch David würde viel lieber bei seinem neuen Freund bleiben. Erst hat Schnauze auf David, dann hat David auf Schnauze aufgepasst, in dieser Nacht hat ihre Freundschaft begonnen.

Zum Glück fällt ihm was ein, David hüpft auf das Bett. Sammy, sein Koalabär, wird Schnauze gefallen.

David legt Sammy auf das Kissen, direkt vor Schnauzes Kopf.

»David, wo bleibst du denn?«

David hört seine Mutter von der Küchentür aus rufen. Sie wird hinunterkommen, wenn er nicht gleich oben erscheint.

»Er gleicht dir doch ein bisschen! Du kannst Sammy haben, ich schenke ihn dir.«

Die Tür fällt hinter dem Jungen zu. So bald wird der Wombat nichts zu trinken bekommen. Könnte er nur die Tür zum Garten öffnen, würde er draußen das Regenwasser aus den Pfützen lecken.

Er tippst mit der Zunge auf die weißen Körner im Teppich, doch sie machen seinen Durst nur schlimmer.

Der Junge versteht nicht, was er sagt. Er würde ihm sonst helfen, das glaubt der Wombat ganz sicher, weil David ihn bisher freundlich angeschaut und leise mit ihm gesprochen hat.

Der Wombat fragt sich, warum David ihm statt Wasser ein braunes, weiches Stoffknäuel hingelegt hat. An seinem Kopf stecken zwei stumpf glänzende Kugeln. Der Wombat leckt sie ab und schmeckt den Geruch von Davids Händen.

Die Sonne macht sich im Zimmer breit, der Wombat verkriecht sich in die Ecke neben dem Schrank. Der Vormittag dehnt sich lang. Wegen der Hitze und den fremden Geräuschen kann der Wombat nicht schlafen. Dabei ist er sehr müde nach der Flucht aus dem großen Lastwagen und den vielen Schritten über den heißen Teer.

Zwar gibt es auch Autos, wo er zu Hause ist, aber sie bremsen und parken nicht dicht neben seiner Höhle wie hier vor Davids Haus. Jetzt klingelt eine Straßenbahn, weil ein Fußgänger über die Gleise springt. Solchen Lärm hat der Wombat in seiner Heimat nie gehört.

3. Kapitel

Ein leiseres Lachen und die Geschichte wäre vorbei!

Mittwochs ist für die Klasse 2b der längste Schultag: sechs Stunden und in der letzten sogar Sport.

Sie spielen Brennball und David rennt zu langsam. Seine Gedanken laufen nach Hause zu Schnauze, seine Beine sind schlapp, seine Hände greifen am Ball vorbei. Dass die anderen maulen und ihn Schnecke nennen, ist David heute egal.

Bis zum Mittag muss er entscheiden, ob er Schnauze verstecken oder verraten soll.

In Mathe hat David daran gedacht, wie schön es war, als Schnauze auf seinen Beinen lag. Seine Eltern haben Haustiere verboten, weil sie nur Dreck und Arbeit machen. Wenn David Schnauze verrät, hat er ihn verloren.

David trottet langsam heim, die anderen reißen Blüten von Sträuchern ab und werfen sie sich an die

Köpfe, in den Haaren kleben sie am besten. Manchmal dreht sich einer nach David um und ruft ihm was zu. An anderen Tagen ist er für jeden Quatsch zu haben, mit seiner schlechten Laune wissen seine Freunde nichts anzufangen.

Selbst vor Jonas hat er Schnauze verschwiegen. Entweder würde Jonas ihm überhaupt nicht glauben oder sein Geheimnis verplappern. Jonas glaubt nur, was es überall gibt oder was er selbst gesehen hat. Trotzdem ist er Davids bester Freund.

Marie steht am Zaun und weint.

Auf den Kleidern hinterlassen die Blüten gelbe, klebrige Flecken, Maries rosa Jacke ist voll davon.

David kann Marie nicht leiden. Sie glaubt, sie sei die Schönste und Schlauste von allen Mädchen in der Klasse. Weil es stimmt, könnte sie es bleiben lassen, ständig damit anzugeben.

David überlegt sich kurz, ob er mit ihr reden soll, und geht an ihr vorbei ohne sie anzuschauen.

Ihm hilft auch keiner.

Kaum fällt die Haustür hinter ihm zu, streckt Davids Mutter schon den Kopf aus der Küche.

»David, räum dein Zeug weg!«

Es klingt nervös. Jeden Tag schmeißt er Jacke und Ranzen in die Ecke. Seine Mutter hat Schnauze entdeckt, sonst würde sie heute nicht schreien deswegen.

David trägt Jacke und Ranzen auf ihren Platz, setzt sich an den Tisch und wartet ab. Seine Mutter geht zwischen Herd und Tisch hin und her. David kramt einen kleinen Ball aus der Tasche und lässt ihn von einer Hand in die andere fallen. Er könnte aufstehen und ihr helfen, aber bei ihrer Stimmung wäre es immer das Falsche, was David jetzt anfasst.

Nachher, als sie alle am Tisch sitzen, auch Benni und sein Vater, erfährt David, warum seine Mutter schlechte Laune hat.

»Ich werde die nächste Woche auch nachmittags arbeiten müssen. Paulsen ist krank, entweder übernehme ich den Auftrag für ihn oder wir werden nicht fertig damit.«

Wie Benni aufsieht, fällt ihm gleich was ein, um seine Mutter in gute Laune zu bringen. Wäre Benni nicht sein Bruder, würde David wahrscheinlich ab und zu was aus der Schule erzählen. David schiebt den Reis zu einem Wall an den Rand des Tellers und glättet die Erbsen zu einer ebenen Fläche, Benni schwätzt los.

»Wir werden heute Mittag den Wombat fangen. Es hat in der Zeitung gestanden: Beim Transport in den Zoo ist er verloren gegangen, die Stadt setzt

1000 Euro Belohnung aus, auch für Hinweise gibt es schon was. Marc und Simon machen mit, wir werden an jedem Haus klingeln und die Leute fragen, ob wir in ihren Garten und in den Keller dürfen. So weit kann er ja nicht gelaufen sein, unten auf dem Parkplatz an der Bahnhofstraße ist er ihnen entwischt.«

»Was ist denn ein Wombat?«

Der Ton ihrer Frage verrät David, dass seine Mutter ihre Arbeit im Büro für einen Moment lang vergessen hat.

»Wombats leben in Australien und sind Beuteltiere wie die Kängurus. Aber ihr Beutel ist offen, damit der Dreck nicht darin hängen bleibt, das hat uns Rapp heute in Bio erklärt, Simon hat ihn danach gefragt. Fast die ganze Stunde ging für den Wombat drauf.«

»Wetten, dass euch niemand reinlässt?«

Benni dreht sich zu seinem Vater.

»Vielleicht haben wir Glück, einer lässt uns rein und genau da sitzt der Wombat im Keller.«

»Und wenn nicht, vertreibt ihr euch den Mittag mit Klingelstreichen, stimmt's?«

Benni grinst und sein Vater greift ihn in den Nacken.

Wenigstens seinen Nachtisch hat David gerettet, vorsichtig trägt er das Schälchen Obstsalat die Treppe hinunter. Es ist seiner Mutter nicht aufgefallen, dass er es bis zum Rand voll geladen hat. Nach dem Essen musste sie gleich weg.

Am Tisch hat David es eben ausgerechnet, sieben Stunden lang hat er Schnauze seit heute Morgen allein gelassen. Jetzt wird er es ihm gemütlich machen. David ist heute Mittag allein im Haus und kann Schnauze mit allem versorgen, was er braucht.

Er schiebt leise die Tür auf, Schnauze soll nicht erschrecken, trägt das Schälchen zum Schreibtisch und schaut sich im Zimmer um.

Seinen Platz zwischen den Kissen hat Schnauze verlassen, David entdeckt ihn nirgendwo sonst im Zimmer.

Er kniet sich vor den Schrank und sieht nicht bis hinten an die Wand. Er will Schnauze rufen und hat seine richtigen Namen, die von heute Morgen, vergessen.

»Komm doch, ich bin's, David, du kennst mich doch!«

Gestern hat Schnauze auch nicht gleich geantwortet, David wartet.

Am frühen Mittag ist es meist stickig und heiß in seinem Zimmer, weil die Sonne den Vormittag lang über den Garten wandert. David döst auf dem Teppich ein.

Hätte David tatsächlich jetzt auf dem Teppich die Mittagsmüdigkeit ein, zwei Stunden im Schlaf festgehalten, wäre die Geschichte schon vorbei und der Wombat verdurstet.

Am Garten läuft ein Junge seinem Freund hinterher, fängt ihn und lacht, da schreckt David auf.

Schnauze ist nicht unter dem Schrank herausgekommen.

David spürt plötzlich ganz tief, dass Schnauze nicht mehr herauskommen kann.

Es geht Schnauze schlecht und er steckt unter dem Schrank.

David schiebt sich dicht an den Schrank heran, tastet sich mit der Hand weit vor und berührt das Fell.

Es ist schlaff und die Haut darunter glühend heiß.

David hat Angst und weint.

»Schnauze, sag doch was.«

Gestern hat Schnauze geredet und sich gegen den Schrank gestemmt. David weiß, dass keine Antwort, keine Schnauze kommen wird. Unter seiner Hand liegt ein heißer Klumpen Fell.

David schreit »Schnauze!« und zerrt an dem Fell, zwängt Schnauze durch den Spalt und zieht ihn an den Pfoten unter dem Schrank heraus.

Wäre er tot, wäre Schnauze kalt. Davids Finger sind nass, wegen der Tränen. Sie ziehen dunkle Striemen in Schnauzes Fell.

Es ist niemand da. David ist ganz allein im Haus.

Da fallen ihm seine Namen wieder ein, Ernst und Walter, und dass Schnauze Wasser wollte, schon heute Morgen.

David läuft ins Bad, füllt einen Becher mit Wasser und trägt ihn zu Schnauze. Er kann nicht aufhören zu weinen, weil Schnauze gleich vertrocknet und stirbt. Es ist Davids Schuld.

Schnauze muss trinken, David weiß, wie es geht.

Im Bettkasten liegt sein Arztkoffer, mit der Spritze. David füllt sie mit Wasser, greift in Schnauzes Maul, drückt die krustigen Lippen auseinander und

schiebt die Spritze zwischen die Zähne hinein. Wasser läuft in Schnauze rein und läuft wieder raus, die Spritze ist sofort leer.

David hört nicht auf.

Er hält die Spritze ins Wasser und in Schnauzes Maul. Als der Becher leer ist, läuft er ins Bad und füllt ihn auf, weint und redet drauflos. Schnauze freut sich doch, wenn er Davids Stimme hört.

Am Ende ist alles nass, Schnauzes Fell, Davids Hemd, und ein riesiger Fleck im Teppich.

Am Ende schlägt Schnauze die Augen auf, und David lacht und weint.

Schnauze lacht auch und verzieht sein Maul, zu einem Flüstern.

»You've been away for so long.«

Es war viel zu lang, das versteht David. Nie wieder wird er Schnauze alleine lassen.

Schnauze ist schwach und liegt in Davids Schoß.

David streichelt über sein Fell und erzählt. Von der Schule, von seinem Judoverein, von seinen Eltern und Benni, und auch vom Mittagessen und Bennis verrückter Idee, in fremden Kellern nach einem australischen Känguru zu suchen.

Da hebt der Wombat den Kopf, weil es zwei Wörter in der Sprache des Jungen gibt, die er kennt.

»Australien« und »Känguru« – der Wombat hört die zwei Wörter und wird traurigfroh.

»You know Australia and kangaroos? There's my home.«

Sein Kopf ist zu schwer, der Wombat kippt zurück auf Davids Bein.

»I want to go home.«

Endlich redet Schnauze. Davids Herz wird warm und groß, so freut er sich.

»Benni glaubt echt, er findet im Viertel ein Känguru! Wenn der wüsste, wie gut wir zwei es hier haben, einfach so.«

Wieder wackelt Schnauze bei dem Wort Känguru mit dem Kopf. Weil es Schnauze lebendig und munter macht, wiederholt David das Wort ganz oft.

»Känguru, Känguru, Känguru.«

Schnauze lächelt matt und schläft bald wieder ein. Er lässt David Zeit nachzudenken, wo er seinen Freund unterbringen soll, morgens während der Schule und für immer hier im Haus. Es wird auffallen, wenn er jeden Tag Essen klaut, früher oder später wird einer Schnauze in seinem Zimmer entdecken.

David hat keine Ahnung, was Schnauze außer Süßkram schmeckt, welche Sprache er spricht und ob die beiden Namen von heute Morgen wirklich stimmen. Vielleicht hat er ihn falsch verstanden.

David muss herausfinden, wo Schnauze herkommt und wie er zu Hause lebt, damit es Schnauze bei David richtig gut geht. Schnauze klingt zu sehr nach Schwein, David streichelt über das hellbraune Fell. Er wüsste gerne, wie Schnauzes Freunde ihn zu Hause nennen.

Zum Glück ist es Mai und bald Sommer. Er könnte Schnauze im Garten oder besser noch im Wald verstecken. Schnauze schnarcht, David sieht auf seine breiten Pfoten und denkt, Schnauze hält sicher einen Winterschlaf.

4. Kapitel

Eine Minute länger und die Geschichte wäre vorbei!

Der Mittag vergeht im Nu. Als David die anderen heimkommen hört, legt er anstelle seiner Beine ein Kissen unter Schnauzes Kopf und deckt ihn zu. Er wacht nicht auf, an der Tür dreht sich David um und sieht zurück zum Sofa. Von weitem könnte man Schnauze zwischen den Kissen für eins von Davids Kuscheltieren halten.

In der Küche reden sie schon wieder über das Känguru. David hört nur halb zu, er hat beschlossen den Schlüssel für seine Zimmertür zu klauen. Freiwillig rückt seine Mutter ihn nicht heraus. Schnauze soll sich nicht länger unter dem Schrank verstecken. Wenn David in der Schule ist, muss er sein Zimmer abschließen können.

Natürlich hat Benni kein Känguru gefunden. Nur zwei Keller durften er, Marc und Simon sich überhaupt anschauen. Statt tausend Euro haben sie zwei Euro und fünfzig Cent verdient, das Pfand für die leeren Flaschen, die sie für eine alte Frau zurück in den Laden brachten. Was Benni erzählt, klingt immer toll. Das Geld haben sie für Chips ausgegeben, zwei Riesentüten voll.

»David, was hast du heute Mittag gemacht?«

Am Tisch sitzt David seinem Vater gegenüber. Seine Mutter hat David schon hundertmal belogen, bei seinem Vater weiß er jede der drei Gelegenheiten ganz genau.

»Ich war in meinem Zimmer.«

In Gedanken legt sich David schnell zurecht, was er sagen wird, wenn sein Vater weiterfragt.

»Den ganzen Mittag? Hattet ihr so viel Hausaufgaben auf?«

»Es war nicht so schlimm. Ich war müde und habe auch ein bisschen geschlafen.«

Garantiert hatte seine Mutter ihm von dem Streit gestern Abend erzählt und Davids Nacht auf dem Boden, da ist es in Ordnung, am nächsten Tag den Schlaf nachzuholen. Schon nickt ihm seine Mutter versöhnlich zu und fängt an zu reden.

»Ich habe mir was überlegt. Statt die Süßigkeiten hier in der Küche zu verstauen fülle ich für jeden von euch eine Kiste voll mit dem Zeug, die könnt ihr in euer Zimmer tragen, für eine Woche müsst ihr damit auskommen. Dann gibt es die nächste Ladung.«

Manchmal kommt das Glück auf einen zugerannt.

»Fangen wir heute damit an?«

»Gut, David, aber dann gibt es auch keinen Grund mehr, hier heimlich was wegzunehmen.«

Vielleicht ist ihr Vorschlag nur eine Falle, jetzt darf David nichts zugeben.

»Warum guckst du mich denn so an? Bekommt jeder das Gleiche oder dürfen wir uns raussuchen, was wir wollen?«

»Ich habe heute Morgen für jeden das Gleiche besorgt, nächste Woche könnt ihr von mir aus selbst einkaufen gehen.«

Gleich nach dem Essen trägt David die Kiste in sein Zimmer. Solange Schnauze tief und fest schläft, wird er keinen Hunger haben. David kehrt zurück in die Küche, sein Vater steht am Ofen und kocht sich einen Tee. Der Schlüssel zu Davids Zimmer hängt an einem Haken im Küchenschrank.

Um seinen Vater abzulenken, fängt David von irgendwas zu reden an.

»Glaubst du die Geschichte mit dem Känguru?«

»Was für ein Känguru? Die suchen doch einen Wombat.«

»Na, dann eben einen Wombat, ist doch egal. Der bleibt auch nicht im Keller hocken, bis Benni kommt.«

David stellt sich neben seinen Vater.

»Papa, was machst du heute noch?«

»Ich treffe mich nachher mit Frieder, wir gehen zusammen ins Kino.«

Frieder ist Papas Bruder und Biolehrer. Sofort weiß David, wer ihm sagen kann, von welcher Sorte Tier Schnauze stammt. Neben Frieder hat er einmal eine Nacht lang in einem Zelt gelegen, direkt an einem See. Sie konnten die Wellen bis ins Zelt hinein hören und, wenn sie ganz leise waren, das Knistern der Glut und das Holz, wie es in sich zusammenfiel. Am Abend hatten sie Kartoffeln über dem Feuer gebraten.

»Wo ist denn Mama?«

»Sie arbeitet noch, oben in ihrem Zimmer.«

»Ach so.«

Davids Vater gießt das Wasser in die Kanne und stellt Tasse, Zucker und Kanne auf ein Tablett.

»Was für einen Film schaut ihr euch an?«

»Keine Ahnung, Frieder hat ihn ausgesucht. Du kennst doch seinen Geschmack, Hauptsache was zu lachen.«

David nickt. Alles wird gut: Gleich verschwindet

sein Vater, dann nimmt er sich den Schlüssel. In seinem Zimmer steht die Kiste mit Süßigkeiten, das reicht Schnauze für die nächsten Tage. David wird jeden Morgen für frisches Wasser sorgen, und Frieder fragen, was Schnauze sonst noch braucht, um bei David ein gutes Leben zu haben.

Frieder ist David der Liebste aus Papas Familie. Einmal hat er David das Skelett von einem Seeigel aus den Sommerferien mitgebracht.

David steht am Fenster und sieht seinem Vater nach, wie er das Tablett langsam zur Tür trägt und die Tür mit einem Fuß aufstößt.

Es ist dunkle Nacht, als der Wombat aufwacht.

Kühl und dunkel ist ihm viel lieber als warm und hell. Nur seine Beine tun ihm weh, wenn er sie krumm macht, und sein Bauch knurrt wie ein hungriger Dingo.

Er folgt seiner Nase, zu einer Schale mit bunten, eingeweichten Brocken. Manche erinnern den Wombat an die Spitzen süßer Wurzeln. Härteres Zeug fräße der Wombat lieber, und satt ist er noch lange nicht, als er den Saft aus dem Obstschälchen leckt.

Er riecht die Kekse in Davids Süßigkeitenkiste. Sie steht auf dem Schreibtisch. Seine Beine sind müde und schlaff, aber der Wombat schafft es, auf den Stuhl zu klettern und sich bis zur Kiste zu strecken. Er hängt halb auf dem Tisch, halb in der Luft, noch einen Satz, mit seinen kleinen Hinterpfoten stößt er sich ab. Der Stuhl kippt hinter ihm um und donnert auf Davids Legoturm. Die Klötze knallen auf den Boden, es dröhnt dem Wombat in den Ohren, als krachte hinter ihm ein riesiger Baumstamm auf die Erde.

Der Wombat zappelt am Tisch und

plumpst auf den Teppich. Laute, feste Schritte kommen sehr schnell näher und näher.

Der Spalt unter dem Sofa ist eindeutig breiter als der unter dem Schrank. Hätte der Wombat eine Minute länger gebraucht für seine Entscheidung, wohin er verschwinden soll, wäre die Geschichte jetzt vorbei.

Davids Vater steht im Zimmer, knipst das Licht an und hätte noch das letzte Stück Schwanz sehen können, gerade quetscht sich der Wombat unter das Sofa. Zum Glück ist er nur voller Schreck, nach dem Krach mitten in der Nacht, und hat nur Augen für seinen schlafenden David.

»David, ist was passiert?«

Er steht neben seinem Bett, greift David an den Schultern und richtet ihn auf.

»Was war das denn für ein Krach?«

»Was denn?«

»Hier ist doch was umgefallen.«

Er dreht sich zum Zimmer hin und entdeckt auf dem Boden den Stuhl.

»Hast du denn nichts gehört? Hier war einer drin. Ist denn die Tür zum Garten verschlossen?«

Mit einem rüttelnden Griff kontrolliert er die Gartentür und kehrt zu Davids Bett zurück.

»Vielleicht war es Bennis Känguru.«

»David, rede keinen Quatsch. Von allein fällt doch kein Stuhl um.«

Auch wenn er ärgerlich klingt, ist sein Vater froh, dass mit David alles in Ordnung ist und er nicht mal erschrocken wirkt. Er streicht ihm die Haare aus der Stirn.

»Schlaf gut, Kleiner. Morgen durchsuchen wir mal gründlich dein Zimmer, und den Keller, vielleicht hat sich tatsächlich ein Tier da unten versteckt.«

Sobald sein Vater die Treppe hinauf ist, wird David aufstehen, mit Schnauze reden und ihn am besten gleich in den Garten lassen. Er schließt die Augen und seine Gedanken verlieren sich im Schlaf.

Der Mann scheint in der Nähe zu wohnen. Der Wombat lauscht seinen Schritten nach, sie enden nicht weit von hier. Entdeckt ihn der Mann, wird er ihn fangen. Also lauert die Gefahr sehr nahe, der Wombat wird aufpassen.

Kaum ist der Mann verschwunden, hört der Wombat den Jungen ruhig atmen.

Er ist es gewohnt, sich vor Menschen versteckt zu halten. Eine Ausnahme macht er nur mit dem Jungen.

Der Junge wohnt günstig. Der Wombat stellt sich vor, wie es wäre, für immer bei ihm zu bleiben, tagsüber in seinem Zimmer und nachts draußen im Garten.

Weil der Junge ihn nicht versteht, die Tür zum Garten verschließt, ihm kein Wasser und keine Kiste zum Schlafen hinstellt, beschließt der Wombat für David aufzumalen, wie er sich eine Wohnung wünscht, in der es ihnen beiden gut gehen könnte.

Eben, bei seinem Sturz vom Schreibtisch, hat der Wombat Papier weggewischt, die Blätter liegen auf dem Boden. Einen Stift zieht sich der Wombat aus Davids Ranzen.

Der Wombat beginnt zu malen. Wie er zu Hause Gräben unter die Erde wühlt, zieht er auf dem Papier mit dem Stift die Wege zwischen einer Kiste zum Schlafen neben dem Schrank, einer Schale mit Wasser, der Gartentür, den dicken Steinen draußen, dem Sandkasten und dem Haufen mit Kompost.

Der volle Mond leuchtet in Davids Zimmer. Auch wenn es dunkler wäre, könnte der Wombat seine

Zeichnung gut erkennen und wäre genauso zufrieden mit seinem Bild wie jetzt im hellen Mondenschein. Bestimmt wird sein Plan auch dem Jungen gefallen.

Auf einmal weiß der Wombat, dass es niemals so werden wird, wie er es auf dem Blatt aufgemalt hat. Nichts in Davids Zimmer darf den Wombat verraten, sonst würde der Mann von oben ihn sofort fangen. Der Wombat wird traurig bei dem Gedanken, dass er für immer unter dem Schrank oder dem Sofa wird leben müssen, will er hier bei dem Jungen bleiben.

Er sitzt still auf dem Boden, das Blatt unter den Pfoten. Der Weg nach Australien ist viel zu weit. Niemand wird ihm helfen ein Schiff oder ein Flugzeug zu finden, das ihn zurückbringen würde. Der Junge ist zu klein. Außer den Männern, die ihn schnappten und in die Kiste steckten, kennt der Wombat keinen Menschen in diesem Land.

Sein Hunger ist schlimmer geworden. Er fühlt sich an, als fräße er den Wombat von innen auf, so weh tut ihm sein Bauch.

Bis morgen früh sind die süßen Sachen auf dem Tisch so unerreichbar fern wie das saftige Gras daheim. Der Wombat hat nicht den Mut, den Jungen zu wecken, nur weil er hungrig und traurig ist.

5. Kapitel

Ein Weckerklingeln und die Geschichte wäre vorbei!

Der Wombat erkennt die leichten, schnellen Schritte früh am Morgen auf der Treppe und sitzt zitternd unter dem Sofa, als Davids Mutter die Tür aufschlägt und das grelle Licht David mitten im Schlaf erwischt.

Sekunden später steht sie in der Mitte des Zimmers.

»Was hast du denn heute Nacht angestellt?«

Sie hebt den Stuhl auf und schiebt ihn zurück an den Tisch, bückt sich ein zweites Mal und greift nach dem Blatt Papier.

»Sieht aus wie ein Lageplan! Hast du hier unten einen Schatz versteckt?«

David richtet sich halb auf in seinem Bett. Er hat keine Ahnung, was seine Mutter meint.

Wäre sie nicht in Eile, hätte der Plan ihr Misstrauen geweckt, David malt andere Bilder. Hätte sie jetzt das Zimmer durchsucht und den Wombat entdeckt, hätte sie ihn in eine Kiste gepackt und zum Zoo gebracht oder in einem Tierheim abgeliefert. Schon wäre die Geschichte vorbei.

Aber sie legt das Blatt zurück auf den Tisch.

»David, wir sind spät dran heute Morgen. Der Wecker hat nicht geklingelt, wir haben verschlafen. Papa ist schon weg, statt Frühstück packe ich dir deine Brote ein.«

David hört seine Mutter die Treppe hinauflaufen. Trotz ihrem Drängen vergehen Minuten, bevor David sich langsam erhebt. Immerhin beginnt doch heute sein zweiter Tag mit Schnauze.

David sucht nach ihm.

»Komm raus, sie ist weg.«

Der Spalt zwischen Sofa und Teppich ist breiter als Schnauze von Pfote bis Kopf, sofort taucht er vor Davids Füßen auf.

»Hast du gehört, ich habe keine Zeit. Zum Essen ist genug da und Wasser bringe ich dir auch. Jetzt habe ich den Schlüssel, ich schließe dich ein. Bis heute Mittag kannst du hier machen, was du willst.«

Am liebsten hätte David Schnauze schnell angefasst, am Kopf oder am Rücken, und wäre durch sein Fell gestreift, damit Schnauze fühlt, dass wirklich alles in Ordnung ist. Aber so gut kennt er Schnauze nicht.

»Please, don't forget my water!«

»Also doch Walter! Da gefällt mir Schnauze schon besser.«

»Are all the sweets on the table for me? Don't you like them?«

Zu Leiksem fällt David nichts ein. Sekundenlang sieht er in den leeren, stillen Garten. Er muss die Vorhänge zuziehen, damit keiner Schnauze oder Walter durch das Fenster entdeckt, wenn er im Zimmer hin und her läuft.

Nicht den kleinsten Spalt lässt David in der Mitte offen. Sorgfältig legt er die beiden Vorhänge übereinander.

»Oh, thank you! Yesterday, it was too hot and light, I couldn't sleep.«

Für irgendwas hat sich Schnauze-Walter bedankt. Fast wäre David weggegangen ohne Wasser und Süßigkeiten auf den Boden zu stellen. Schnell läuft er ins Bad, langsam kehrt er zurück, mit dem Becher in der Hand.

»Ich muss in die Schule, heute bin ich früher zurück. Wir haben nur bis zur fünften.«

David stopft Hefte und Bücher in den Ranzen, mittendrin liegt das Blatt, das der Wombat in der Nacht bemalt hat. David hält inne und sieht zu Boden. Vor seinen Füßen schlürft Walter-Schnauze das Wasser. David überlegt sich, was dieses Tier noch alles kann außer reden, malen und manierlich Schokolade futtern.

Während der ganzen Religionsstunde liegt das Blatt auf seinen Knien. Am Ende der Stunde hat David so wenig wie am Anfang begriffen, was die Linien und Punkte auf dem Papier bedeuten sollen. Allmählich wird Schnauze-Walter David ein bisschen unheimlich.

So schnell wie möglich muss er sich Frieder anvertrauen. Jonas stupst ihn an.

»Soll das ein Labyrinth sein?«

»Nein.«

David schiebt das Blatt in seinen Ordner.

»Bist du schlecht gelaunt?«

»Nein.«

Jonas gibt so schnell nicht auf.

»Treffen wir uns nachher in der Hütte?«

»Nein.«

Die Hütte ist ein verfallenes Gartenhaus, davon weiß keiner, außer Jonas und David. Heute ist Mittwoch. Fast jeden Mittwoch reparieren sie die Hütte. Letzte Woche haben sie eine alte Matratze vom Sperrmüll hinaufgeschafft.

Zum ersten Mal fällt es David ein, Schnauze-Walter hinauf in die Hütte zu bringen und dort für immer zu verstecken.

Aber Jonas muss mit jeder großen Sache gleich angeben. Nur weil es ein paar ältere Jungen in der Straße gibt, die die Hütte sofort besetzen würden, wenn sie Wind davon bekämen, ist sie bis jetzt das Geheimnis von Jonas und David geblieben.

Jetzt schreibt er ab, was an der Tafel steht. Zum Glück ist Jonas nie lange böse, wenn David ihm was verheimlicht hat. Es ist auf jeden Fall besser, erst

Frieder von der Sache zu erzählen. Wenn Frieder David nicht helfen kann, wird Jonas morgen von Schnauze-Walter erfahren.

Würde David heute Morgen Jonas in der Schule sein Geheimnis anvertrauen, würde Jonas vor lauter Staunen beim Mittagessen zu Hause davon erzählen. Garantiert würde Jonas' Mutter gleich bei Davids Eltern anrufen. Davids Mutter würde den Wombat einpacken und zum Zoo bringen und die Geschichte wäre vorbei.

David kommt heute als Erster heim.

Er schließt seine Zimmertür auf und spürt sofort, dass Schnauze schläft. Die Wasserschale ist leer, in der Kiste liegt die zerknüllte Packung Schokoladenkekse. David fängt an mit seinen Mathe-Hausaufgaben. Die Fünfer- und Sechserreihe kann er auswendig. David findet es klasse, leise eine Zahlenreihe nach der anderen in sein Heft einzutragen und zugleich Schnauzes Schlaf zu bewachen.

Er ist fast mit allen Aufgaben fertig, da riecht David erst, dass es stinkt in seinem Zimmer. Einen Augenblick später entdeckt er den Mist.

Auf seinen Kissen liegen kleine, dunkle Würfel. Der Gestank rührt eindeutig von ihnen.

David kann es nicht glauben. Er zieht tief die Luft ein, schleicht bis zu seinem Sofa und betrachtet die Klumpen. Schnauze scheißt tatsächlich viereckig. Solch gleichförmig viereckigen Würfel bekäme David nicht mal mit Knete hin.

Als David heute Morgen das Bild fand, überlegte er sich, was Schnauze noch alles kann außer malen, reden und geschickt Schokolade auspacken und sie ordentlich essen. Viereckige Stinker wären ihm im Traum nicht eingefallen.

David ist fest entschlossen, gleich nach dem Essen Frieder zu besuchen, bevor überall in seinem Zimmer Mistwürfel liegen.

Kein Mittagessen vergeht, ohne dass Benni eine Geschichte dazu liefert. In seiner Schule ist ein Mädchen die Treppe hinuntergefallen, im Schulhof landete der Rettungshubschrauber. David wickelt die Spaghetti zu dicken Knäueln an seiner Gabel und riecht an seinen Fingern. Sie stinken, dabei hat er sie kräftig mit Seife gewaschen, nachdem er allen Mist eingesammelt hatte.

Keiner wird misstrauisch, als David ankündigt wie jeden Mittwoch bei Jonas zu spielen.

6. Kapitel

Nur ein paar Worte mehr
und die Geschichte wäre jetzt vorbei!

Zu Frieder muss man mit der Straßenbahn fahren. Wäre Schnauze-Walter nicht so groß und schwer, hätte David ihn gleich mitgenommen. Am Telefon wollte er nichts erzählen. Frieder hat nur gefragt, welche Bahn David nimmt, damit er ihn an der Straßenbahnhaltestelle abholen kann.

Frieder wohnt allein in einem riesigen Zimmer. Hinter einer Theke steht enger und kleiner, was es sonst in einer richtigen Küche etwas größer gibt.

Auf dem Heimweg haben sie Eis gekauft und sind das letzte Stück zu Frieders Wohnung gerannt. Während David die letzten Reste löffelt, betrachtet er die bunten Sofakissen. Zum Schluss hatte er sogar Waschpulver über die Flecken auf seinen Kissen und über seine Hände gerieben, damit sie nicht mehr so stanken.

Frieder erzählt ausführlich den Kinofilm.

David wird es nicht schaffen, von Frieder Auskunft zu bekommen, ohne dass sich Frieder Schnauze-Walter ansehen will. Während der Fahrt hierhin hat David es sich hundertmal gesagt, dass er Frieder vertrauen kann. Auf jeden Fall viel mehr als einem der anderen Erwachsenen.

Davids Eltern verbieten, was sie selbst nicht gut finden. Bei Frieder ist alles erlaubt, wenn es ihm nicht auf die Nerven geht. Meistens ist er guter Laune. Vielleicht lässt er Schnauze bei sich wohnen.

David bricht Frieder mitten in seiner Rede ab.

»Du kennst doch Jonas. Wir haben oben in den Gärten eine alte Hütte entdeckt, da gehen wir oft hin. Die will keiner mehr. Vor ein paar Tagen ist da ein Tier aufgetaucht, Jonas hat es nicht gekannt, ich habe davor so was auch nie gesehen. Es ist gleich wieder abgehauen. Kennst du ein Tier, das kleiner ist als ein Bär und größer als ein Meerschweinchen? Von der Schnauze her gleicht es einem Schwein.«

Wäre David nicht im letzten Moment davor zurückgeschreckt, Frieder die Wahrheit zu sagen, wäre die Geschichte spätestens jetzt vorbei und Frieder hätte sich den Wombat und die Belohnung geschnappt.

»O Mann, ihr habt den Wombat entdeckt!«

Frieders Antwort bläst David die Spucke weg. Er klemmt sich den Eislöffel in den Mund, Frieder schießt los.

»Hey, hast du denn nicht gehört, dass während des Transports zum Zoo ein Wombat entwischt ist? Die ganze Stadt redet davon. Tausend Euro bezahlt der Zoo dem, der weiß, wo sich das Vieh versteckt hält. Wann war das genau, wann habt ihr ihn gesehen?«

»Am Montag.«

»Verdammt, in zwei Tagen kann ein Wombat weit rennen. In der Nacht von Sonntag auf Montag ist es ja passiert, ganz in eurer Nähe. Benni ist gleich auf die Suche gegangen, er hat doch bestimmt davon erzählt!«

»Benni hat gesagt, der Wombat sei ein Känguru.«

»O David, der Wombat ist ein Beuteltier wie das Känguru, das hat Benni gemeint. Hättet ihr es denn fangen können? «

»Ich glaube nicht.«

David sieht an Frieder vorbei. Der wippt mit seinem Löffel auf dem Teller und mit dem Kopf von links nach rechts.

»Da ist uns verdammt viel Geld durch die Lappen gegangen. Warum hast du dich nicht am Montag gemeldet?«

David zieht die Schultern hoch und lässt sie fallen.

»Tut mir Leid. Ich wollte heute sowieso in die Stadt, mir neue Comics besorgen, sonst wäre ich gar nicht vorbeigekommen.«

Jetzt weiß David also, dass Schnauze-Walter ein Wombat und dass er tausend Euro wert ist. Zwei Euro Taschengeld bekommt David jede Woche, Benni einen Euro mehr. Er ist ja schon zehn.

David sitzt in der Straßenbahn und schafft es nicht mal auszurechnen, wie viele Wochen Taschengeld der Wombat wert ist. Seine Weltraumstation hat fünfzig Euro gekostet, etwas Teureres hat ihm bisher keiner geschenkt.

Jeder ist scharf auf so viel Geld, jetzt ist David ganz allein mit dem Wombat.

Die Straßenbahn ist bis auf den letzten Platz besetzt, trotzdem steht David nicht auf, als sich ein Opa und eine Oma zwischen den Sitzen hindurchquetschen. Auf die zwei wartet kein Wombat daheim. Viel zu schnell ist die Fahrt vorbei. David steigt aus, zum Glück ist es Mai und noch eine ganze Weile lang hell.

David setzt sich auf die Bank an der Haltestelle. In seinem Zimmer wacht der Wombat bald auf.

Ab heute wird er Schnauze-Walter Wombat nennen. Frieder hat Recht, David hätte die Geschichte sofort kapieren müssen, als Benni gestern beim Essen damit anfing.

Die Aussicht auf die Hütte ist gestorben, auch Jonas hat heute in der Pause vom Wombat erzählt. Alle wissen Bescheid. Der Zoo plant eine ständige Ausstellung über die Tierwelt Australiens. In den neuen Käfigen sollen die Tiere leben können wie im Freien.

David zieht die Beine ein und schlägt die Arme um seine Knie.

Als Erstes muss der Wombat lernen in den Garten zu scheißen. Wenn Davids Mutter die Stinker riecht, stellt sie das Zimmer auf den Kopf.

David springt auf. Sein Vater wollte heute Mittag den Keller und sein Zimmer durchsuchen. Den blöden Stuhl hat David glatt vergessen, heute Nacht war er nur halb aufgewacht.

Er muss den Wombat sofort verstecken.

David rennt los.

Reifen quietschen, eine Frau schreit, David knallt auf grünes Blech. Alles wird schwarz, er sieht und hört nichts mehr.

Sekunden später wählt der Fahrer des Wagens die Notrufnummer. Im Rettungshubschrauber fliegt David von der Südstadt in die Kinderklinik, während irgendwo unter ihm sein Vater sich im Auto durch den Berufsverkehr drängt und seine Mutter in ein Taxi einsteigt.

Nach einer kurzen Bewusstlosigkeit wacht David auf. Er hat sich das linke Bein schlimm gebrochen, der Knochen durchbohrt die Haut. Der Arzt nennt die Sache kompliziert, er wird lange im Krankenhaus bleiben müssen. David kann kaum sprechen. Er ist in den Schotter am Straßenrand gestürzt, die Haut im Gesicht ist blutig aufgerissen.

Hätte sein Schutzengel nicht auf ihn aufgepasst, wäre David auf der Straße gestorben, sagt die Krankenschwester, die sich hier um David kümmern wird.

7. Kapitel

Ein ruhiger Blick oder eine feine Nase und die Geschichte wäre vorbei!

Als das Tageslicht verblasst und sich der Abend über den Garten legt, wacht der Wombat auf.

Den ganzen Tag lang hat niemand das Zimmer betreten. Davids Vater hat seinen Entschluss, den Keller zu durchsuchen und aufzuräumen, schon am Morgen bereut und auf irgendwann später verschoben. Die Schüssel mit Wasser hat David am Mittag aufgefüllt, bevor er zu Frieder fuhr. Puffreis schmeckt dem Wombat fast so gut wie Schokoladenkekse. Durch die Vorhänge drang der Tag nur gedämpft in den Raum, der Wombat fühlt sich ausgeschlafen, satt und wohl.

Nur der Junge fehlt ihm.

Der Wombat schiebt die Vorhänge zur Seite und schaut durch die Glastür, voller Sehnsucht nach Gräsern, Sträuchern und Bäumen.

Alle Tiere, die im Garten leben, hat er bereits unterschieden und sich eingeprägt. Mäuse gab es auch zu Hause. Mehr Angst machen dem Wombat die Katzen, die stundenlang starr im Dunkeln lauern, aufspringen und kurz darauf eine Maus mit ihren Krallen vom Boden zerren, um sie zwischen den Zähnen wegzuschleppen. Weil er viel größer und schwerer ist, werden sich die Katzen an ihn nicht herantrauen.

Auch dem Igel ist er haushoch überlegen. Den vielen Schnecken, die nachts an Blättern und Blüten kleben, scheint anderes Grünzeug zu schmecken als ihm selbst.

Wenn nur der Junge endlich käme und ihm die Tür zu diesem wunderbaren Garten öffnete!

Der Wombat vermisst auch seine freundliche Stimme und seine kleinen Hände.

Die Nacht wird ihm lang. Zum ersten Mal fühlt er sich in Davids Zimmer eingesperrt. Es gefiel dem Wombat, an Davids Beinen zu liegen und seine warme Haut zu spüren. Die Welt der Menschen ist viel zu kompliziert, als dass der Wombat durch Nachdenken herausfinden könnte, warum der Junge heute Nacht nicht bei ihm schläft.

Als der Wombat schließlich spürt, dass der Morgen aufsteigt, ist er von dem langen Warten sehr müde und traurig geworden. Seinetwegen ist der Junge weggegangen, weil der Wombat die Schokolade gegessen, das Blatt bemalt und das Wasser getrunken hat. Alles gehörte dem Jungen. Zu diesem Schluss kommt der Wombat, da wird es draußen schon hell. Auch die Leute, die den Jungen besucht haben, sind böse mit dem Jungen geworden, seit der Wombat hier wohnt. Sie kommen nicht mehr in sein Zimmer.

Nur wenn der Wombat mit dem Jungen reden kann, wird er erfahren, ob er hier bleiben darf. Wenn jeder die Worte des anderen versteht, wird alles gut.

Der Wombat beschließt die Sprache des Jungen zu lernen. Es wird schrecklich anstrengend werden. Der Wombat ist alt und im letzten Jahr sehr vergesslich geworden.

Aber er hat den Jungen so gern.

Während der ersten Nacht in seinem Zimmer hat der Wombat auf der Suche nach Fressen unter Davids Schrank ein Buch gefunden. Es ist in seiner Sprache geschrieben.

Wer reden kann, kann natürlich auch lesen.

Der Wombat hat es durchgeblättert. Viele Seiten am Ende sind durch einen Strich in der Mitte in zwei Spalten geteilt. Die Wörter links hat der Wombat verstanden, die Wörter rechts wird er also lernen. Der Wombat schiebt das Buch mit der Schnauze unter dem Schrank heraus.

Es gehört übrigens Benni, nach einem Streit hat David es aus Wut unter seinem Schrank versteckt.

Der Wombat schläft darauf ein. Zur Sicherheit hat er es weit nach hinten unter das Sofa geschoben. Trotz seines schlechten Gedächtnisses hat der Wombat die zwei Leute mit den spitzen Stimmen und den Mann, der auch lieber nachts als tagsüber spazieren geht, nicht vergessen. Sie gehören zu dem Jungen, sie können jederzeit wiederkommen. Ob sie ihn auch so lieb haben wie er selbst, das konnte der Wombat so schnell nicht spüren. Sie standen immer nur kurz in Davids Zimmer.

Davids Mutter verbringt die Nacht neben Davids Bett im Krankenhaus. Lange hält sie seine Hand, dann lehnt sie den Kopf an die Wand und nickt ein auf dem harten Stuhl.

Sein Vater packt am nächsten Morgen Kleider und Wäsche für David in eine Reisetasche, auch Bücher, Comics und ein paar Kuscheltiere. Er ist aufgeregt. Ausgerechnet heute beginnt eine Dienstreise, die ihn zwei Wochen lang von zu Hause fern halten wird, der Zug fährt in zwei Stunden. Die Nacht lang hat er sich überlegt die Reise abzusagen. Sie bringt ihn mit Leuten zusammen, die ihre Termine seit Monaten auf seinen Besuch abgestimmt haben. Am Telefon hat ihn Davids Mutter heute Morgen beruhigt, David geht es gut. Also wird er wie geplant in den Zug um 9.30 einsteigen.

Er muss sich beeilen. Bevor er zum Bahnhof fährt, will er die Tasche zu David ins Krankenhaus bringen.

Wäre Davids Vater nicht so nervös, hätte er den Gestank in Davids Zimmer bemerkt und die kleinen braunen Würfel gesehen, auf den Kissen, auf Davids umgekipptem Ranzen und der Kuppel seiner Weltraumstation. In der Wildnis scheißen Wombats auf alles, was sich vom Boden erhebt, auf umgefallene Bäume, auf Pilze, große Steine und Stöcke. Deshalb sind ihre Stinker nicht rund, sondern viereckig, sonst würden sie überall herunterrollen.

Natürlich spürt Davids Vater den seltsamen Geruch im Zimmer, findet ihn muffig und abgestanden und glaubt, hier sei zu lange nicht gelüftet worden. Während er zwischen Kommode und Schrank hin und her geht, öffnet er die Tür zum Garten ohne den Vorhang zur Seite zu schieben. Den Vorhang hatte David gestern zugezogen, um Schnauze vor fremden Blicken zu schützen.

Hinter dem Vorhang bleibt die Tür nur angelehnt, als Davids Vater mit dem Einpacken fertig ist und aus dem Zimmer geht. Er hat sich nicht ein Mal umgedreht. Er ist wirklich sehr aufgeregt.

Die Geschichte wäre ganz schnell zu Ende gewesen, hätte Davids Vater die Stinker entdeckt. Dann hätte er bestimmt an den umgefallenen Stuhl der letzten Nacht gedacht und an seinen Verdacht, dass sich hier unten ein Tier versteckt halten könnte. Er hätte gründlich zu suchen begonnen und den Wombat bestimmt gefunden. Aber dafür ist heute Morgen keine Zeit. David ist gestern Abend fast überfahren worden, der Schreck sitzt überall in seinem Vater, im Kopf, im Bauch und besonders im Herz.

So seltsam es klingt, dem Wombat hätte nichts Besseres passieren können als Davids Unfall.

Drei Wochen lang liegt David im Krankenhaus. Von ihrem Büro aus fährt seine Mutter gleich zu ihm hin, am späten Nachmittag, weil sie doch drei Wochen lang den ganzen Tag arbeiten muss. Ihr Kollege Paulsen ist ernsthafter krank, als man anfangs glaubte.

Benni geht nach der Schule mit Frieder heim, Frieder unterrichtet an Bennis Gymnasium Biologie und Latein. Erst am Abend fahren Benni und seine Mutter von der Stadt aus nach Hause. Davids Zimmer betritt seine Mutter nur, um frische Wäsche einzupacken.

Drei Wochen lang kann der Wombat tun und lassen, was er will.

Er gräbt den Garten um.

Den Platz unter den Rosen wählt er als Wohnzimmer aus, er schaufelt sich von den Rosen aus einen langen Gang bis unter den Komposthaufen, legt sich dort in der weichen Erde ein Schlafzimmer an und buddelt weiter bis zum Gemüsebeet. Hier sammelt er seinen Vorrat aus Wurzeln und jungen Zweigen.

Nächtelang ist er mit Graben, Schaufeln und Erdewegschaffen beschäftigt.

Der Wombat ist schon sehr alt. Die Arbeit geht ihm nicht mehr so flink von der Pfote wie in früheren Jahren.

Was die Sache noch mühsamer macht: Dem Wombat fehlt sein täglicher Schlaf.

Jeden Morgen und jeden Mittag lernt er deutsche Vokabeln.

Irgendwann kehrt der Junge zurück, die Hoffnung gibt der Wombat nicht auf. Der Junge wird sich freuen, wenn der Wombat ihn in seiner Sprache begrüßt, und ihm nicht mehr böse sein wegen dem weggetrunkenen Wasser, dem bemalten Blatt und all den süßen Sachen, die der Wombat inzwischen gefressen hat. Die Süßigkeitenkiste ist leer. Das Zeug schmeckt einfach besser als Gras, Wurzeln und die üblichen Blätter.

Leider ist der Junge zu groß, als dass der Wombat ihm seine unterirdische Wohnung zeigen könnte. Aber an den vielen Erdhaufen, die den ganzen Garten bedecken, wird der Junge gleich erkennen, wie viel der Wombat gearbeitet hat. Der Junge soll nämlich nicht denken, der Wombat niste sich frech ein unter seinem Schrank. Um nach draußen ausweichen zu können, wenn der Junge lieber allein in seinem Zimmer wohnt, hat der Wombat den ganzen Garten umgewühlt.

Vokabeln zu lernen ist schwerer als Gänge zu schaufeln.

Erst liest der Wombat die in zwei Spalten aufgeteilten Seiten, dann den vorderen Teil des Buchs.

Dort werden kleine Geschichten erzählt, damit die Kinder lernen, zu welchen Gelegenheiten man welche Worte gebraucht. Heute Morgen hat der Wombat gelernt, wie man einen Bekannten freundlich begrüßt. Er ahnt nicht, dass David heute Mittag aus dem Krankenhaus heimkommen wird.

Der Wombat fand in dem Buch auch das seltsame Wort wieder, das er von den zwei Männern hörte, die ihn in Aus-

tralien fingen. Sie sagten »I«. Der Wombat hörte das Wort zum ersten Mal und begriff nicht, wen sie damit meinten.

Wombats sind Einzelgänger und verbringen den größten Teil ihres Lebens allein. Sie geben einander keine Namen, jeder wohnt für sich in seinem Bau. Der Wombat wusste nicht, dass »ich« der Name ist, den sich jeder selbst gibt.

Deshalb benutzt er das Wort eher selten, David wird es gleich merken.

8. Kapitel

Nur etwas mehr Zeit und die Geschichte würde anders enden!

David stützt sich auf seine Krücke und humpelt mit dem Gipsbein die Treppe hinunter.

Während der drei Wochen im Krankenhaus hat David niemandem von seiner größten Sorge erzählt. Die Angst, der Wombat sei tot, ist in dieser Zeit zu einem riesengroßen Klumpen geworden, jeden Tag schwerer und dunkler. Die Ärzte dachten, das Krankenhaus sei schuld daran, dass David immer blasser und stiller wurde, und schickten ihn deshalb zwei Tage früher heim. Jetzt drückt der Klumpen von Davids Kopf bis zu seinen Beinen, vor seiner Zimmertür bleibt David stehen.

Die trockenen Lippen und die verkrusteten Augen hat David nicht vergessen, als er dem Wombat viel zu spät Wasser brachte. David zittert und traut sich nicht die Tür zu öffnen. Hätte er seinen Eltern den

Wombat verraten, würde er jetzt in einem Käfig stecken. Deshalb musste der Wombat sterben. Wieder ist es Davids Schuld.

Natürlich hat der Wombat das Humpeln von Stock und Gipsbein auf der Treppe gehört. Er hat Angst, die starken Männer seien zurückgekommen, um ihn zu fangen. Weil er gerade über dem Englischbuch lag, reicht die Zeit nicht, in den Garten zu verschwinden. Der Wombat schlüpft unter das Sofa.

Endlich drückt David auf die Türklinke. Das Beste wäre jetzt ein Teppich voller Würfelstinker, dann wüsste David, es ginge dem Wombat gut.

Der Teppich ist sauber und die Luft im Zimmer riecht genau wie sonst wo im Haus. Der Klumpen Angst wird knüppelhart, David denkt, der Wombat ist weg, für immer. Entweder tot oder abgehauen, auf jeden Fall auf ewig verloren.

Der Wombat sieht ein dickes weißes, ein dünnes braunes und noch ein Bein, das er kennt, mit blauer Hose und braunem Schuh. Er riecht den Jungen dazu, freut sich wie verrückt und ist voller Angst.

tenbank, der Wombat klettert auf seine Beine und legt seinen Kopf in die Mulde zwischen Davids Armen. Jeden Augenblick kann einer vom Balkon aus in den Garten schauen oder über die Terrasse laufen. David wird den Wombat nicht geheim halten können.

»Wenn wir Glück haben, halten sie deine Gänge für Maulwurfshügel und kippen alle Löcher wieder zu.«

Der Wombat hört genug Worte, die er kennt, und begreift Davids Angst.

Er spricht langsam und den Anfang seiner Antwort in Englisch, weil er David nicht traurig machen will und weil es sehr lange dauert, bis man in einer fremden Sprache die richtigen Worte findet für das, was man ganz allein in sich fühlt.

»I will soon die and I will stay with you for the rest of my days.«

David hat ihn nicht verstanden, der Wombat wartet eine Weile.

Er hat sich schon lange vor Davids Rückkehr einen Plan überlegt, wie es gut gehen könnte, hier zu wohnen, und die passenden Worte aus dem Buch herausgesucht.

»Kleine Spaziergänge nachts im Garten, am Tag

warte ich ganz still unter dem Sofa, wenn ich bei dir bleiben darf.«

»Dann komm schnell, sonst finden sie dich.«

Der Wombat kann schneller laufen als David humpeln. Er legt sich unter das Sofa, David schiebt die Schale mit Wasser weit nach hinten. Es ist sehr schwierig, sich mit einem starren Bein zu bücken. Er hüpft die Treppe hoch und stößt mit seiner Krücke gegen die Küchentür.

»Na, David, bist du froh, wieder daheim zu sein?«

Sein Vater schiebt ihm einen Stuhl an den Tisch.

»Du doch auch?«

»Stimmt, zum Glück steht für den Rest des Jahres keine große Fahrt mehr an.«

Sein Vater ist guter Laune, weil sie beide wieder zu Hause sind. Daheim wird David schneller gesund werden als im Krankenhaus, sein Vater hat sich den Nachmittag freigemacht, um Zeit zu haben für David. Sie sind allein.

Weil David es sich nicht vorstellen kann, sein großes Geheimnis länger allein zu tragen, rückt er seinen Stuhl ein kleines Stück näher an seinen Vater heran.

David schüttelt den Kopf. Nie im Leben wird sein Vater so hartherzig sein, ein kleines Tier wegzujagen, das David zuliebe Deutsch gelernt hat.

Sein Vater legt den Arm um Davids Schultern.

»Hast du eine Idee, was wir heute Mittag machen könnten, außer Kino und Museum oder Zoo?«

Zoo – die Belohnung hatte David vergessen, jetzt erinnert er sich daran und sagt kein Wort.

Am liebsten würde er gleich zurück in sein Zimmer gehen, sich auf den Boden setzen und dem Wombat zusehen, wie er deutsche Wörter lernt. Sein Vater müsste glauben, er hätte keine Lust, gemeinsam mit ihm etwas zu unternehmen. David will ihn nicht enttäuschen. Seine Gedanken kleben an dem Wort Belohnung und fliegen plötzlich fort: Ein zweisprachiger Wombat ist bestimmt mehr als tausend Euro wert.

Ohne Gipsbein wäre er in dieser Sekunde aufgesprungen, so wippt er nur mit dem Stuhl nach vorne und nach hinten.

»Und, was ist dir eingefallen?«

Sein Vater sieht ihn neugierig an.

Erst muss er den Wombat fragen, ob er überhaupt vor fremden Leuten reden will. David zögert und überlegt.

»Wir könnten Frieder einladen und was zusammen spielen.«

Frieder soll es wissen, auch Benni und Davids Mutter. Alle werden sie zusammenhalten und sich einig sein, dass man einen zweisprachigen Wombat nicht für tausend Euro verrät.

Einen Augenblick lang stellt David es sich vor, wie sie sich in einem Kreis um den Wombat stellen und ihn gemeinsam beschützen.

David bleibt eine Weile am Tisch sitzen und sein Vater erzählt von früher, als Frieder und er Kinder waren.

Der Wombat liegt unter dem Sofa und denkt nach.

Er hält sich nicht für besonders schlau, nur weil er reden und lesen kann. Das können viele Tiere und halten es vor den Menschen geheim, weil sie sonst gleich gefangen und ausgefragt würden. Wäre er schlau oder sogar klug, hätte er sich nicht durch diesen Garten gegraben. Der Wombat wusste doch, dass der Junge ihn vor seinen Leuten versteckt halten muss.

Die feuchte, weiche Erde hat ihn verlockt. Der Wombat fing zu buddeln an und vergaß, wie alt und müde er schon ist.

Seine Kraft reicht nicht mehr für lange, sein Leben wird bald enden. Wie alle Tiere hat auch der Wombat keine Angst vor dem Sterben.

Tiere spüren, dass sie bald sterben, wenn ihre Kräfte schwächer und sie deshalb müde werden.

Auch die Menschen haben keine Angst davor, abends ins Bett zu gehen, weil am nächsten Morgen ein neuer Tag beginnt.

Ebenso ruhig schlafen Tiere in den Tod hinein, nur ist ihr Leben dann vorbei. Weil es meist zufrieden und glücklich war, fangen die Tiere am Ende nicht zu jammern an, sondern freuen sich, dass sie alt werden durften.

In den letzten Wochen ist viel geschehen: Die lange Reise über das Meer von Australien nach Europa, die Flucht aus dem Zoocontainer, die Suche nach einem Versteck, die Bekanntschaft mit dem Jungen, der Wohnungsbau und die vielen neuen Wörter – all das hat dem Wombat die Ruhe genommen, in sich hineinzuhören. Seine große Müdigkeit hat ihn überrascht, und mehr noch das Gefühl, bald zu sterben.

Der Abschied von dem Jungen tut dem Wombat Leid. Sie hätten sich noch viel erzählen können, von der Welt der Menschen und der Wildnis in Australien. Der Wombat gab sich so viel Mühe, die Sprache des Jungen zu lernen.

Ein Gutes hat die Sache doch: Der Junge muss sich um den Wombat nicht mehr sorgen, weil es keinen Wombat mehr geben wird mit Schnauze, Fell und Pfoten, der viereckige Stinker auf kleine Türmchen setzt und sich an Schrank- und Stuhlbeinen wetzt, wenn es ihn am Rücken und am Nacken juckt.

Das Humpeln auf der Treppe jagt dem Wombat keinen Schrecken mehr ein, als David eine Stunde später langsam die Stufen hinuntersteigt.

Der Wombat hat sich die Kissen unter den Rücken gelegt, dass sie ihn stützen. Seine Muskeln schmerzen, nach dem tagelangen Graben und Schaufeln.

Er horcht dem Jungen entgegen. David öffnet die Tür und freut sich Schnauze gleich zu sehen. In Gedanken nennt er ihn manchmal bei seinem alten Namen.

»Hey, ich habe eine Idee! Du brauchst dich nicht mehr zu verstecken. Wenn die anderen hören, wie du sprechen kannst, werden sie dich behalten wollen.«

Der Wombat hat verstanden, was der Junge gesagt hat, und lässt ihn weiterreden.

»Ganz bestimmt darfst du bleiben, vielleicht kommst du sogar ins Fernsehen!«

Hauptsache, er darf bleiben. Der Wombat begreift nicht, warum er dabei in die Ferne sehen soll.

»Papa und ich sind heute Mittag allein. Wir können mit Papa anfangen, er wird dir garantiert nichts machen.«

»Hat der Papa den Stuhl gehört? Der Stuhl fiel hin und der Papa hob ihn wieder auf?«

»Welcher Stuhl?«

»Der Stuhl war meine Leiter zur Schokoladenkiste.«

»Ach, der Stuhl, den du nachts umgeworfen hast! Ja, da war Papa wach geworden. Vor ihm musst du keine Angst haben. Ich kann ihn gleich rufen. Wenn er dich sieht und reden hört, macht er dir deine Gänge im Garten nicht kaputt!«

Der Wombat weiß nicht, wie er dem Jungen sagen soll, dass es ihn bald nicht mehr gibt.

David sieht ihn aufgeregt an. Er steht mitten im Zimmer und stützt sich an den Schrank statt auf seine Krücke.

»David, du bist so groß. Kannst du herunterkommen?«

David schiebt das Gipsbein vorsichtig auf den Teppich und legt seinen Kopf dicht neben den Wombat auf die Kissen.

»David, was machen die Menschen, wenn einer von ihnen stirbt?«

David wundert sich, was den Wombat an den Menschen interessiert. Sein Großvater starb vor einem halben Jahr, an die Beerdigung kann sich David genau erinnern.

»Sie graben ein tiefes Loch und legen ihn in die Erde. Dann gehen sie in die Wirtschaft und essen und trinken und erzählen sich Geschichten von dem, der tot ist.«

Der Wombat lächelt.

»Das ist schön. Ein Wombat stirbt allein. Wenn er fühlt, dass er sterben wird, vergräbt er sich.«

Der Wombat legt seine Pfote auf Davids Arm.

»David, nach dem Sterben kannst du deinem Vater alles erzählen.«

»Aber wer stirbt denn? Du doch nicht?«

»Nein, David, es ist noch Zeit. Zeit, um von daheim, von Australien zu reden, damit du was zu erzählen weißt, nach dem Sterben.«

»Und davor darf ich dich keinem zeigen?«

»Den Rest Zeit zu zweit zu sein wäre mir lieber.«

»Wirst du wieder so schlimm aussehen?«

»Was meinst du?«

»Als ich das Wasser vergessen hatte und du fast vertrocknet warst.«

»Nein, David, du musst keine Angst haben. Der Tod kommt langsam. Es bleibt Zeit genug, dass ich in den Garten gehe und mich in meine Höhle lege. Du wirst vom Tod nichts sehen.«

»Aber dann stirbst du ja doch allein?«

David kann die Tränen nicht mehr festhalten. Er

wischt sie weg in das Fell des Wombats und redet leise und schnell.

»Ich habe dir versprochen, dass du bei mir bleiben kannst. Du ruhst dich hier auf den Kissen aus, und wenn du ganz kalt bist, trage ich dich in den Garten hinaus.«

Der Wombat nickt.

»Gut, so machen wir es. Und davor viele Geschichten von daheim, von Australien, wenn du willst, jetzt gleich?«

»Ich werde Papa schnell sagen, dass ich müde bin und ein bisschen schlafen will, dann stört uns hier unten keiner.«

David richtet sich langsam auf. Noch ist der Wombat stark genug, um ihn von unten kräftig zu stützen.

Da fällt David etwas ein und er bückt sich nach unten.

»Ich will auch deine Sprache lernen. Reicht dazu die Zeit?«

»Klar! Good bye, David!«

»Bis gleich, Schnauze.«

Stumpf und rutschig schlägt Davids Krücke auf die Stufen.

Der Junge muss noch üben mit drei Beinen zu gehen, denkt sich der Wombat. Die Schläge werden leiser, der Wombat schläft ein.

Als David ein paar Minuten später zurückkehrt – sein Vater war nicht mal böse –, ist er wirklich müde und legt sich neben den Wombat auf den Boden.

David hat die Zimmertür nicht abgeschlossen. Käme jetzt seine Mutter oder sein Vater herein, würde es am Ende der Geschichte nichts ändern, denn David hat sich an den Wombat geschmiegt wie früher an Sammy, seinen Koalabär.

Weil niemand an einen lebendigen Wombat bei sich zu Hause denkt, würden seine Eltern nicht sehen, was es in ihren Augen gar nicht geben kann.

David und der Wombat schlafen ruhig nebeneinander ein.

9. Kapitel

Egal was nun passiert,
die Geschichte ist bald vorbei.

Es ist Ende Mai und abends lange hell.

Nach dem Essen behauptet David, er würde statt fernzusehen lieber lesen. Seine Eltern staunen und lassen ihn in sein Zimmer gehen. Nur Benni kann sich einen seiner Sprüche nicht verkneifen.

»Frieder hat ihm dutzendweise Comics ins Krankenhaus gebracht. Der schaut sich doch nur die Bilder an statt was zu lesen.«

David dreht sich nicht mal um. Er humpelt über die Stufen und weiß, der Wombat wartet schon.

Einmal hätte beinahe ein Adler den Wombat geschnappt. Wie der Wombat sich im letzten Augenblick gerettet hat, erfährt David an diesem Abend. Es trifft sich gut, dass David noch eine Woche lang zu Hause bleiben darf. Am nächsten Morgen er-

zählt ihm der Wombat, wie er vor einem Dingo in einen leeren Baumstamm geflüchtet war und sich mit seinem breiten Rücken gegen den Feind verschanzte.

Nach den Geschichten lernt David Englisch. Der Wombat bringt David bei, wie man einen Fremden begrüßt und kennen lernt.

»Hello. I'm David, what's your name? I live in Germany, where do you come from?«

Das hat David, nicht der Wombat gesagt. Zwei schöne lange Sätze für nur einen Morgen.

Weil David so schnell lernt, belohnt ihn der Wombat und erzählt ihm von seinen Kindern.

»Wie heißen sie denn?«

Der Wombat lächelt.

»Sie haben keine Namen. Wenn sie ein und ein halbes Jahr alt sind, verlassen sie die Eltern, und die Frau bekommt ein neues Kind. Wir sagen ›Kind‹, man hat immer nur eins.«

»Hast du auch keinen Namen?«

»Nein. Wombats leben allein. Sie reden nicht viel miteinander. Manchmal verläuft sich einer und gerät in einen fremden Bau. Dann kommt es darauf an.«

»Worauf denn?«

Ihre Köpfe liegen dicht nebeneinander, zwischen Kissen und Kuscheltieren. David wünscht sich, der Wombat würde nie aufhören von Australien zu erzählen.

»Wenn der Fremde sich breit macht im Bau, muss man sein Revier verteidigen. Da gibt es eine schlimme Geschichte, die heben wir uns auf für morgen. Komm, David, sage noch einmal, was du heute gelernt hast!«

»Hello, I'm David, what's your name? I live in Germany, where do you come from?«

»I come from Australia, and I will stay in Germany for the rest of my life.«

»Was hast du gesagt?«

»Nur, was wir uns versprochen haben. Ich bleibe für immer bei dir.«

Der Wombat schläft ein. Davids Eltern und Benni werden erst in zwei Stunden nach Hause kommen, David blättert in Bennis Englischbuch. Heute Abend wird er den Wombat überraschen und ihm etwas sagen, was ihm der Wombat nicht beigebracht hat.

Seit Davids Rückkehr aus dem Krankenhaus ist es leicht geworden, den Wombat geheim zu halten. Morgens ist er allein mit ihm im Haus, mittags glauben ihm alle, dass er noch müde ist und Ruhe braucht. Die Löcher im Garten hat bisher keiner entdeckt, Davids Eltern haben viel zu tun.

Die Tür zum Garten lässt David nachts offen, der Wombat setzt seine Würfel auf die dicken Steine am Rand der Blumenbeete. Der Wind bläst darüber, sie fallen zwischen das Gemüse, auf die Wiese und in das Moos unter den Bäumen. Im Garten findet der Wombat Gräser, Blätter und Wurzeln genug. Nach seinen nächtlichen Spaziergängen ruht er sich tagsüber unter dem Sofa aus. Die Stunden am Vormittag

den nächsten Tagen kalt und nass bleiben, viel zu schlecht für die Jahreszeit.

Beim Essen fragt Davids Vater, wie der erste Schultag war. Weil er voller Angst an den Wombat denkt, fällt David keine Antwort ein. Benni übernimmt das Gespräch. Zu allem Unglück fängt er vom Wombat zu reden an.

»Die haben die Suche aufgegeben. Wahrscheinlich ist er in den Wald gelaufen und da gestorben. Wombats gibt es in Australien wie bei uns Hunde und Katzen, ich begreife nicht, warum der Zoo die riesige Belohnung für den einen Wombat zahlen wollte.«

Davids Vater mischt sich ein.

»Vielleicht ist es verboten, sie zu fangen.«

»Glaube ich nicht, Wombats richten den Farmern verdammt viel Schaden an. Rapp hat gesagt, die Rinder brechen in die Gänge ein, die die Wombats graben. An den gleichen Ködern, die die Kaninchen vergiften sollen, verrecken auch die Wombats.«

»Witzig, dass es in Australien so viele Wombats gibt und ich zuvor nicht mal den Namen kannte.«

Um was zu sagen, stimmt David seiner Mutter zu.

»Ich auch nicht.«

Sie sieht ihn an.

»David, geht es dir nicht gut?«

»Ich habe dir doch schon im Auto gesagt, dass mir der Verband wehtut. Du hörst mir ja nie zu.«

»Entschuldigung.«

David nickt und steht auf. Er will endlich zurück zu seinem Wombat und zögert es doch hinaus, in sein Zimmer zu gehen.

Benni schwätzt weiter.

»Wie die aussehen, müsste es Wombats längst als Kuscheltier geben. Wetten, dass alle Kinder Wombats klasse fänden?«

10. Kapitel

Nur etwas mehr Vertrauen und die Geschichte wäre David leichter geworden!

David drückt langsam den Griff hinunter und schiebt die Tür leise auf. Der Wombat liegt ruhig zwischen seinen Kissen.

Er hat David über die Treppe humpeln gehört.

Mit einer Krücke und einem Gipsbein kann man schlecht gehen ohne Krach zu machen. Nach diesem ersten Morgen allein hat der Wombat schon auf David gewartet.

»Hey, nice to see you.«

David sagt es und der Wombat lächelt. David weiß noch einen zweiten kurzen Satz in Englisch.

»Do you feel well?«

»David, heute werde ich sterben.«

Draußen fällt der Regen auf den Garten, springt auf Blätter und schlägt in Pfützen.

Gut, dass es regnet, denkt David, sonst hätte sich der Wombat draußen vergraben und wäre alleine gestorben. David hat keine Scheu, nach seiner Pfote zu greifen und sie zu streicheln.

»Tut das Sterben dir weh?«

»Nein, David, es geht mir gut.«

»Wird es denn lange dauern?«

»Es hat schon heute Morgen begonnen, heute Abend ist es vorbei.«

»Soll ich dir was erzählen oder willst du lieber deine Ruhe haben?«

»Erzähl mir was, David!«

Wie schon einmal, als der Wombat fast verdurstet war, beginnt David zu erzählen. Von der Schule, wie nett sie heute Morgen alle zu ihm waren, dass sie in Sachkunde das Wetter lernen und dass Regen fällt, wenn die Wolken zu dick und zu schwer werden.

Die Gartentür ist nur angelehnt.

Durch den Spalt sieht David Bläschen auf den Pfützen schwimmen. Wenn der Regen solche Bläschen schlägt, wird es noch lange regnen, das hat David nicht heute Morgen in der Schule gelernt, sondern schon viel früher von seinem Opa.

Als es nichts mehr zu erzählen gibt, ist David

ruhig und passt auf, weil er den Wombat kaum noch atmen hört.

David denkt an den ersten Satz, den der Wombat zu ihm sagte. Heute hätte er ihn gleich verstanden, in den letzten Tagen hat David viele englische Wörter gelernt.

»If I'm quiet, could I stay with you?«

David fragt es leise, der Wombat bewegt kaum den Kopf, spitzt nur sein Maul.

David ist froh, dass der Wombat ihn beim Sterben in seiner Nähe sein lässt, und hält ganz still.

Ohne den Wombat anzuschauen beginnt er nach einer Weile ihn sanft zu streicheln.

Der Wombat wird ihm schwer auf seinen Beinen, David schiebt ihn langsam auf den Teppich. Noch immer sieht er ihn nicht an und sitzt lange stumm und reglos an seiner Seite.

Als aus der Küche Radiomusik und Geschirrklappern klingt, beschließt David hinaufzugehen.

Seine Mutter sieht ihm die Traurigkeit gleich an. Sie erschrickt und legt seine Hände um sein Gesicht.

»Hey, David, was ist los?«

David schluckt viele Tränen weg, der Rest schießt

hoch, er hält sich an seiner Mutter fest. Außer ihr ist noch keiner zu Hause.

Sie setzt sich auf die Bank und nimmt den großen David trotz Krücke und Gips auf ihren Schoß. Er will nicht weinen und schluchzt und weint doch. Wie früher steckt in ihrem Ärmel ein Taschentuch, damit reibt sie ihm Augen und Nase trocken.

Keiner kann dem Wombat mehr was Böses tun, endlich darf David sein Geheimnis teilen. Seine Mutter hört ihm lange zu.

Am Ende wird ihr David zu schwer. Er setzt sich neben sie auf die Bank, seine Hand lässt sie nicht los.

Von seiner ersten leisen Frage bis zu seinem ruhigen Tod hat David ihr alles vom Wombat erzählt. Sie starrt auf den Tisch und sagt erst nach ein paar Minuten was.

»David, was du lieb hast, nehme ich dir doch nicht weg.«

Sie hebt den Kopf und sieht ihn an.

»Und wäre der Wombat nur stumm und schmutzig gewesen oder bei uns krank geworden, hätten wir es ihm schön gemacht und auf ihn aufgepasst.«

Ihre Augen glänzen traurig.

»David, es tut mir Leid.«

»Was denn, Mama?«

»Dass du allein warst die ganze Zeit. Ich habe dich doch so lieb.«

Nachher, als sie sich noch immer an den Händen festhalten und man schon Benni draußen auf der Straße mit seinen Freunden lachen hört, versprechen sie sich ganz schnell und für ihr Leben lang, keine große Sache mehr allein mit sich herumzutragen.

Bis es Abendessen gibt, sieht man Davids Gesicht nur mit gründlichem Blick noch was an.

Bennis Mannschaft hat beim Kicken gewonnen. Benni wird die Geschichte vom Wombat irgendwann später erzählt bekommen.

Davids Vater erfährt sie von seiner Mutter. Während die beiden sich um den toten Wombat kümmern, geht David im Regen spazieren, trotz Gips und Krücke.

Die Tropfen springen von seiner Kapuze, auf die Schultern, die Nase und seine Lippen. Da fallen die paar Tränen nicht auf.

In seiner Jacke sucht er nach einem Taschentuch und findet Jonas' Zettel. Bevor er heute Mittag aus dem Auto stieg, hat Jonas ihm den Zettel zugesteckt, David hatte ihn vergessen.

In einem trockenen Hauseingang faltet er ihn auf.

»Tut mir Leid, dass ich nicht ins Krankenhaus kam. Mir wird ganz schlecht, wenn ich Krankenhaus nur rieche. Allein in der Hütte war es blöd, trotzdem habe ich keinem davon erzählt. Von daheim habe ich ein paar Kissen besorgt, damit du es in der Hütte gemütlich hast mit deinem Bein. Am Mittwoch bringe ich meinen Gameboy mit. Wenn es regnet, ist es klasse da oben.

Kommst du auch? Jonas«

David rollt den Zettel ein. Ein Wombat lebt allein in seinem Bau und hat nicht mal einen Namen, so wird er die Geschichte für Jonas anfangen.

dtv junior

Delfine und Co.

ISBN 3-423-**70708**-9
ab 9

ISBN 3-423-**70695**-3
ab 9

ISBN 3-423-**70083**-1
ab 9

Manchmal sind Tiere die besten Freunde: Dibs hilft einem gestrandeten Delfin und lernt von diesem wichtige Dinge; Delia und Jun finden ein verlassenes Seehundbaby; und Nim ist auf ihrer einsamen Insel kein bisschen einsam.